एक नदी के किनारे पीपल का पेड़ था। पेड़ के नीचे खड़ा-खड़ा एक सियार नदी का पानी पी रहा था। अचानक एक मगरमच्छ ने सियार का पैर पकड़ लिया।

सियार ने अपनी जान मुश्किल में देखकर कहा, "मगर मामा, तुमने मेरी टाँग पकड़ने की बजाय पीपल की जड़ पकड़ ली है।" मगर ने झट सियार की टाँग छोड़कर पीपल की जड़ पकड़ ली और सियार अपनी टाँग छूटते ही पानी में से उछलकर बाहर जा खड़ा हुआ। मगर ने जब सियार को भागते देखा, तो उसने समझ लिया कि चालाक सियार उसे धोखा देकर भागा जा रहा है।

दूसरे दिन मगर ने सियार को पकड़ने का एक और उपाय सोचा।

वह पानी से निकलकर गूलर के पेड़ के नीचे गया, जहाँ रात होने पर सियार रोजाना गूलर खाने आता था। पेड़ के नीचे गूलर के खूब सारे फल गिरे हुए थे। मगर ने उन्हें इकट्ठा करके एक ढेर लगाया और उसमें घुसकर बैठ गया। कुछ देर बाद सियार गूलर खाने वहाँ आया। चाँदनी रात निखर रही थी।

सियार ने गूलर का इतना बड़ा ढेर देखकर मन-ही-मन सोचा, जरूर कुछ धोखा है, क्योंकि फलों का इतना बड़ा ढेर आज तक यहाँ नहीं लगा था।

फिर सियार ने ध्यान से देखा तो मगर के पैरों के निशान भी पेड़ के नीचे दिखाई दिए। सियार ने कहा, ''रोज जब मैं गूलर खाने आता था तो यह ढेर हिलता था, तब मैं गूलर खाना शुरू करता था, किंतु आज यह ढेर हिल नहीं रहा है। इसलिए मैं अब जाता हूँ और गूलर नहीं खाऊँगा।''

यह सुनकर ढेर में छिपे हुए मगर ने अपने शरीर को हिला दिया। फलों का ढेर भी हिलने लगा, तब सियार समझ गया कि मगर इसमें छिपकर बैठा है। वह फिर जान बचाकर भाग गया।

अब मगर को बड़ा गुस्सा आया और अगले दिन वह गन्ने के खेत में जा छिपा, जहाँ सियार रोज गन्ना खाने जाया करता था।

समय होने पर सियार गन्ने के खेत के पास गया, तो उसे मगर के पैरों के निशान दिखाई दिए। सियार ने समझ लिया कि मगर यहाँ भी उसका पीछा करने आ गया है।

उसने जोर से कहा, ''जब मैं गन्ने के खेत पर आता था, तो जो गन्ना हिलता था, उसी को मैं खाता था; परंतु आज तो कोई गंन्ना हिल ही नहीं रहा है, इसलिए मैं वापस जा रहा हूँ।''

यह सुनते ही मगर ने जोर से एक गन्ने को हिला दिया।

सियार ने तुरंत समझ लिया कि मगर मामा खेत में छिपकर बैठे हैं। वह भागकर कहीं और चला गया।

मगर सियार की इस तीसरी चालाकी पर बहुत खीजा और दूसरे दिन उसकी माँद में ही जाकर बैठ गया और सोचने लगा, 'देखूँ, आज यह चालाक सियार मुझसे कैसे बचकर जाता है!'

परंतु जब सियार अपनी माँद के पास आया तो उसने मगर के पैरों के निशान देखे।

उसने उसी समय कई सियारों की सहायता से थोड़ी लकड़ी और घास-फूस लाकर अपनी माँद के मुँह पर रखकर आग लगा दी।

माँद के भीतर ही दम घुटने से मगर तड़प-तड़पकर मर गया और सियार आराम से रहने लगा।

□□□